Steven Papier

2048

Tome 1

Edilivre

Chapitre 1
Le réveil

Au milieu d'une immense pièce vide se situait une sorte de sarcophage futuriste. Un œuf blanc complètement fermé et coupé par une lumière bleue se tenait au milieu de la pièce plongée dans la pénombre.

La lumière bleue éclairait légèrement l'endroit, ce qui permettait de discerner les dalles blanches recouvrant toutes les parois, sol et plafond compris. Le silence semblait régner depuis très longtemps dans cette pièce où aucune issue ne semblait apparaître.

Elle était étrangement propre. Peut-être avait-elle été construite autour de l'œuf après qu'il eut été déposé. Quoi qu'il contînt, il semblait contraint à rester à l'intérieur de la pièce pour l'éternité.

Quelques instants passèrent, ou quelques années, on ne saurait trop le dire avant qu'une alarme brise le silence. La lumière bleue vira au rouge tandis qu'une fumée s'échappait et que la partie supérieure de l'œuf se soulevait. L'alarme cessa lorsque cette partie eut entièrement découvert la moitié supérieure d'un autre sarcophage, plus « rudimentaire » cette fois puisqu'il s'agissait d'un grand conteneur en verre auquel plein de fils venaient s'accrocher. À l'intérieur, on voyait un homme endormi, il semblait avoir plus d'une quarantaine d'années, peut-être la cinquantaine. Lorsque le liquide du conteneur fut complètement épuisé, l'homme ouvrit les yeux. Il semblait perdu.

Le verre se brisa de lui-même et l'homme put poser ses pieds sur les dalles blanches qui semblaient molles et confortables.

Il regarda autour de lui, avança vers l'un des murs et appuya dessus, toqua semblant chercher quelque chose. Il recula de trois pas et plongea sa main dans son slip pour en sortir une télécommande. Il appuya sur un bouton et les dalles projetèrent une lumière blanche qui éclaira la salle lui donnant un aspect futuriste. Une voix perça enfin le silence, c'était une voix de femme dont la source était inconnue :

« – Bonjour, je suis Carmen. Votre intelligence artificielle automatiquement mise à jour au fil des années durant votre absence. Je suis la version 3 637 864. Si vous avez perdu l'usage de la parole, veuillez taper 3 fois dans vos mains. Si vous avez perdu l'usage de l'audition, un scan d'environnement sera lancé dans les 3 prochaines minutes et si vous êtes assis, les instructions seront projetées sur l'une des parois pour continuer. Si vous avez perdu l'usage de la vue, un gaz particulièrement meurtrier, un poison primitif de votre confection sera répandu dans la salle et vous mourrez dans d'atroces souffrances. L'amélioration de ce poison n'a malheureusement pas été effectuée, car cela ne faisait pas partie de mes affectations. Aucune procédure d'annulation n'a été programmée. Si dans 7 minutes, vous êtes encore debout ou vous n'avez pas tapé des mains, le poison sera libéré. »

Un compteur s'afficha sur l'une des parois, décomptant à partir de 7 minutes. L'homme observa celui-ci en silence… lorsqu'il afficha 4 minutes, un grillage de lumière verte parcourut la pièce. Carmen se manifesta alors :

« – Analyse terminée. Présence d'un individu en station debout. »

Les secondes défilaient sous ses yeux lorsque l'homme se décida à se retourner. Il écarta les mains comme pour applaudir puis finalement :

« – J'a… j'arrive à p… parler »

À cet instant précis, le compteur se figea sur 00 : 24 : 72.

« – À 25 secondes près, j'y passais… Carmen, Quel jour sommes-nous ?

– Heureuse de vous entendre, vous semblez en pleine forme. Nous sommes le 2 mars 2048 et il est 8h13, heure locale.

– 2048 ?!! Mais j'étais censé me réveiller en 2218 ! Que s'est-il passé ?

– Le processus de blocage du vieillissement n'a pas été efficace. Vous n'êtes pas resté le jeune homme de 21 ans qui est entré dans le cryogénisateur. Vous avez 51 ans, mais rassurez-vous, vous paraissez 10 ans plus jeune grâce à la lotion rajeunissante Niveo que j'ai ajoutée dans votre bain. J'ai donc déclenché la réanimation d'urgence afin de vous faire revenir à vous.

– Et il a fallu 30 ans pour te rendre compte que je vieillissais ?!

– Désolé, mais je téléchargeais puis installais mes mises à jour. Cela me demandait trop de ressources et il ne m'en restait pas suffisamment pour déclencher la procédure. Puis-je entamer l'évaluation ?

– Oui vas-y.

– Quel est votre nom ? Votre prénom ? Votre âge ? Dans quel pays êtes-vous né ? Dans quel pays sommes-nous ? Épelez le mot « hémorroïdes ».

– Je suis John Wishk, j'ai 21… enfin 51 ans et je suis né en Belgique. Nous sommes ici à Hambourg en Allemagne. H-É-M-O-R-R-O-Ï-D-E-S… pourquoi ce mot ?

– Toutes ces réponses sont correctes, voulez-vous poursuivre les tests afin de voir si vous avez conservé toutes vos facultés ? J'ai sélectionné ce mot aléatoirement parmi le magnifique panel de l'ensemble des mots que la langue française compte.

– Non, nous allons en rester là. Je découvrirai par moi-même si j'ai perdu des facultés. As-tu des habits de l'époque actuelle pour moi ? »

L'une des parois s'ouvrit comme un tiroir dans lequel une tige de fer laisser pendre un cintre sur lequel une tenue était enfilée. John l'enfila. Il plongea une nouvelle fois la main dans son slip et en sortir un enregistreur vocal :

« – 2 mars 2048 : la procédure ne s'est pas déroulée comme attendue. Les questions que je me pose sont néanmoins d'ordre de la société. Qui a succédé au président Donald Trump en Amérique ? Quelles sont les relations de la Corée du Nord avec le reste du monde sachant que lorsque je me suis endormi, elle était presque en guerre avec la totalité des autres pays ? Qu'est-il advenu de Daesh ? Grandes questions internationales de mon époque. Je me demande également quelles évolutions technologiques ont fait leur apparition… Stop. Carmen, quel est le dernier iPhone sorti ?

– L'iPhone Neo qui correspond plus ou moins à l'iPhone 25 si on continue le compte après l'iPhone X ou 8 de votre époque.

– Quelles évolutions technologiques ont fait leur apparition, mais également culturelles. Présence de voitures volantes depuis 2020 ? Nouveaux styles musicaux ? Mode ? À plus petite échelle, je me demande comment se porte ma famille et ma descendance, proche vu le peu d'années de sommeil que j'ai cumulées. Stop. »

Par habitude, John rangea l'appareil dans son slip, oubliant les poches de sa tenue. Il s'allongea par terre et semblait réfléchir…

Chapitre 2
Le premier jour du reste de ta vie

John pensait à comment pouvait être la vie en dehors de ses murs. Mais il n'osait pas sortir. Peut-être allait-il rentrer dans un monde infesté de zombies et devoir lutter pour sa survie. C'est vrai qu'en 2018, il était friand de la série The Death Walk avec Eric Grim, son fils Charles et d'autres personnages encore.

L'extérieur lui faisait peur et plein de questions lui traversaient l'esprit.

Soudain, un grognement d'estomac vint rompre le silence.

« – Carmen, peux-tu me sortir les conserves que j'avais gardées pour ce jour ? Comment était mon alimentation durant mon hibernation ?

– Oui. Les voici, répondit Carmen alors qu'une nouvelle paroi du mur s'ouvrit tel un tiroir proposant une large de gamme de boîtes de conserve, je vous ai injecté, via des drains, tous les aliments dont votre corps avait besoin.

– Je te remercie. »

John choisit une boîte de raviolis, prit une bouteille

d'eau et plongea la main dans son slip tandis qu'il mangeait et buvait pour saisir son enregistreur. Entre chaque bouchée, il tenait son journal :

« – Je suis impressionné par le développement de Carmen. Elle ressemble beaucoup à l'Intelligence artificielle du superhéros Tony Spark dans le film Mister Iron, Tarvis. Elle semble s'être mise à jour comme je le souhaitais via les flux internet disponibles jusqu'à aujourd'hui. Je me demande d'ailleurs ce qu'est devenu internet. Et Mister Iron aussi… Je ne semble avoir subi aucun trouble jusqu'à maintenant. J'ai eu des pertes d'équilibres, des problèmes de concentration et autres perturbations dues à mon réveil, mais rien d'alarmant et de durable. Je pense que j'ai besoin de converser avec une personne normale bien que Carmen soit de bonne compagnie. Je m'apprête à sortir. Peut-être ce soir… ou demain… ou le jour d'après… »

John semblait perplexe, mais il savait qu'aujourd'hui, débutait le premier jour du reste de sa vie, comme il l'avait toujours souhaité.

« – Carmen, tu peux éteindre, j'aimerais dormir d'un vrai sommeil cette fois.

– Votre couchette est prête. »

Un lit sorti d'une des parois et John s'endormit très vite sur un flot de questions et de réflexion.

Son rêve reconstituait, 20 ans plus tôt, le début de cette folle aventure. Dans un couloir de pierres, John qui semble très jeune et un autre homme avancent en discutant :

« – John, pourquoi avoir choisi le Château de Friedrichsruh ?

– Tu vois, personne ne connaît ce couloir caché dans l'un des recoins du château et qui mène à la pièce où nous nous rendons. Puis, la forêt de Sachsenwald est un endroit tranquille je trouve. J'aimais bien venir en vacances ici avec mon père.

– Tu es sûr que tout fonctionnera, c'est vrai quoi, nous ne sommes pas de très grands scientifiques.

– C'est ça qui est beau. Nous ne sommes personne, mais nous allons devenir quelqu'un. D'ailleurs, j'ai quelque chose à te demander. J'aimerais que tu ne parles de ceci à personne avant que nous n'ayons terminé. Mais que tu améliores les structures avec l'époque si c'est possible. Tu vas voir, j'ai créé une IA qui se mettra à jour toute seule et qui, je l'espère, t'aidera. J'aimerais qu'à partir d'un moment, du moment où c'est possible, que plus personne ne puisse entrer. Qu'il n'y ait plus qu'un accès pour moi sortir. Ha nous y sommes ! »

Ils arrivèrent dans une pièce piteuse, très sale et désordonnée traversée par une multitude de câbles allant en tous sens. John entra en premier alors que son ami découvrait l'endroit.

« – Carmen ?, demanda John.

C'était une voix de Femme très robotisée et très saccadée qui répondait. Pas aussi belle et fluide que la Carmen entendue précédemment.

– Allumage du générateur. Dites OK pour continuer.

– OK

– Alimentation restante : Deux – Sept – Zéro – Un – Zéro. Rechargement par énergie solaire, éolienne et apport électrique. Traitement menu, dites OK pour continuer.

– OK, se tournant vers son ami, pour l'instant les batteries ne tiendraient que 74 ans, mais c'est déjà pas mal non ?

– Dites OK pour continuer.

– OK ! C'est pas encore très au point.

– Tu rigoles c'est déjà incroyable tout ça, répondit son ami, fasciné par l'endroit. »

Il en contemplait chaque recoin et chaque appareil. Il y en avait au moins plus d'une centaine. C'est le bruit du bouchon sautant de la bouteille de champagne que tenait John à la main qui le ramena à lui. Ils trinquèrent :

« – Au premier jour du reste de ta vie !

– Merci de ton aide pour ce rêve ! »

Dans son sommeil, John affichait un merveilleux sourire. Une partie de lui était reconnaissante à son ami qui avait apporté toutes ces innovations au point que cet endroit était méconnaissable à celui qu'il avait aménagé il y a 30 ans.

Chapitre 3
Le couloir vers l'extérieur

John ouvrit les yeux et regardait autour de lui. Cette pièce si calme et si propre ne ressemblait en rien à celle qu'il avait laissée 30 ans plus tôt. Pourtant, une once de nostalgie, sans doute, lui faisait ressentir un sentiment de manque par rapport à cette pièce cachée sous le château. Il se demandait également ce qu'était devenu ce château, s'il tenait encore debout. Tant de questions qui le poussaient à sortir de cette pièce. Il était enfin décidé à ouvrir la pièce et à découvrir ce monde futuriste qui l'attendait :

« – Carmen, je suis prêt à sortir.

– Une fois dehors, aucun retour ne sera possible et le générateur explosera pour détruire cette pièce détruisant, en même temps, les ressources restantes.

– Très bien.

– Néanmoins, chaque minute compte. Cette explosion s'étendra à 400m aux alentours. Un homme normal parcourt cette distance en 5 minutes. Mais vous n'aurez que 4 minutes, car l'énergie restante serait trop peu suffisante pour détruire le périmètre si l'on prenait plus de temps.

– C'est bon à savoir.

– Voici quelque chose qui vous sera pratique. J'ai incorporé mon micro logiciel dans cette montre intelligente afin de vous suivre et de vous accompagner. Ces deux anneaux métalliques sont à enfiler à vos chevilles. Chacun de vos pas produira de la chaleur qui permettra d'alimenter la batterie de cette montre.

– Excellente idée ! Je pense que je vais avoir besoin de toi une fois dehors ! »

Il enfila la montre et les anneaux sortis du mur avant de voir une porte s'ouvrir. Il observa le chambrant, elle ne s'ouvrait que d'un côté et semblait se camoufler parfaitement dans le couloir de pierre. Il se souvenait parfaitement de ce couloir, comme si c'était la vieille qu'il l'avait traversé ce qui, en quelques sortes, était le cas pour lui. Il se souvenait aussi qu'il fait 287m de long ce qui veut dire la majeure partie de la distance à s'éloigner, les 113m restant comprenaient donc le château. Il remplit un sac à dos avec tout ce qui pouvait lui être utile dehors au cas où il se perdait en forêt : conserves, eau, un sac de couchage et un couteau. Il laissa la majeure partie des aliments et un revolver. Il s'imaginait que dans un monde futuriste tout cela ne lui serait guère utile. Il regardait autour de lui une dernière fois avant de partir. Et sorti de la pièce. Un bip rompit le silence et la porte se ferma alors que s'affichait un compte à rebours de 4 minutes sur cette dernière. La montre s'alluma :

« – Distance parcourue : 0 sur 400m. Temps restant : 3 minutes et 48 secondes. »

John se mit à courir en se disant que chaque seconde gagnée était à prendre.

Il arriva très vite au bout du couloir et regarda sa montre qui affichait 02 : 03 : 42. Au même moment :

« – Distance parcourue : 287.3 sur 400m. »

John savait qu'il était largement en avance et poussa la porte cachée derrière les toilettes dans le château. Mais celle-ci ne bougea pas d'un pouce. John poussa alors de toutes ses forces et parvient à entrouvrir très légèrement la porte. Il regarda par l'ouverture qu'il venait de faire et comprit très vite le problème. Le château semblait s'être effondré sur lui-même et les décombres bloquaient la sortie. Mais le temps passait et il était urgent qu'il déguerpisse, il se mis donc à pousser de plus en plus fort et entrouvrit de plus en plus la porte, mais pas assez pour lui sortir. Il pouvait passer un bras tout au plus. Il aperçut alors un tuyau de canalisation en cuivre et s'imaginait faire levier avec ce dernier afin de sortir. Il passa son bras et tenta d'attraper le tuyau, lorsqu'il l'eut saisi, il sentait une résistance et il se mit à tirer de toutes ses forces. Enfin, le tuyau céda répandant, avec l'appel d'air, les excréments qu'il contenait partout dans la pièce et sur John. Celui-ci se dit qu'il valait mieux pour lui de prendre une douche avant de rencontrer des Hommes du futur, mais il y avait plus urgent. Il commença à placer le tuyau à travers l'ouverture de la porte et poussa dessus afin de faire levier pour ouvrir cette dernière, mais le tuyau se pliait petit à petit. Il vit ensuite l'entrebâillement en bas de la porte et tenta de la faire sortir de ses gongs par le même procédé. Au bout de quelques essais, il y parvint et pu sortir de son couloir. Il regarda sa montre, et aperçu le compteur affichant 57 secondes. Il se mit à courir à toute vitesse, d'instinct, sans prêter attention au décor de l'endroit apparemment en ruine où il était. Il arrivait enfin dans le hall d'entrée quand soudain une première détonation retentit avant d'être suivie par une seconde qui semblait plus proche et ainsi de suite. À ce même moment, sa montre se déclencha :

« – Destruction commencée. »

Il courut alors vers la porte entendant les explosions se rapprocher et au moment où il ouvrit celle-ci, il fut projeté avec elle vers l'avant dans un bruit sourd au point que ses oreilles sifflèrent. Il dévala une pente sur la porte avant d'arrêter sa course contre un arbre dans lequel sa tête vint également se taper. Il eut un court instant de déséquilibre, de trouble de la vision avant de tomber dans les pommes s'allongeant sur la porte au milieu de cette forêt d'où s'échappait maintenant une énorme fumée noire, précédée d'une volée d'oiseaux. Un dernier craquement sourd retentit mais John, déjà évanouit, ne l'entendit pas.

Chapitre 4
Bienvenu en 2048

John ouvrit les yeux dans la nuit. L'obscurité avait gagné la forêt. Il pensa donc à prendre la lampe frontale qu'il avait emmenée dans son sac à dos, mais ne trouva pas ce dernier. Il n'était plus sur son dos ni dans les environs immédiats qu'il pouvait discerner. Sans doute, l'explosion l'avait emporté. Il faisait très froid et il ne pouvait pas rester allongé plus longtemps sur cette énorme porte en bois qui se refroidissait avec le vent. Il se leva et se mit donc à avancer à tâtons dans la forêt. Après quelques pas, il se souvint de sa montre et la regarda. Celle-ci était en piteuse état et ne semblait plus pouvoir répondre à ces demandes. Néanmoins, il préférait la garder ainsi que les anneaux à ses chevilles. Il avançait prudemment et en regardant autour de lui. Il lui était impossible de se repérer dans l'obscurité. Il trouva sur sa route un grand arbre dans lequel une crevasse lui permettait de s'asseoir à l'abri du vent. Il s'y installa pour y attendre le jour et retrouver son chemin et son sac par la même occasion. Il apercevait un bout de lune à travers le feuillage dense de la forêt. Il avait encore très mal à la tête de son atterrissage plus tôt dans la journée et décida de dormir un peu.

Le rêve qu'il faisait était très tumultueux, les coups de feu et les cris lui firent froncer les sourcils, mais cela ne le réveilla pas. Ce n'était qu'un rêve inconscient.

Au petit matin, très tôt, l'humidité le réveilla ainsi que les rayons de soleil perçant à travers les feuilles des arbres.

Quelque chose le perturbait néanmoins. La forêt était d'un calme sourd. Pas un cri d'oiseau, pas un craquement de branche.

John pensait donc que la fin de l'espèce animale sauvage était sans doute arrivée et qu'il ne restait plus que des animaux en captivité pour répondre aux besoins de l'Homme. Il sortit du tronc de l'arbre et revint sur ses pas de la veille. Lorsqu'il aperçut enfin la porte, il chercha son sac à dos dans les environs. Mais il ne trouva rien. Au bout d'un moment, il abandonna les recherches et se mit en route. Il repassa près de l'arbre dans lequel il avait dormi et un peu plus loin, il tomba sur quelque chose qui le marquera sans doute à vie. Un homme et une femme allongée face contre terre semblant avoir été abattus d'une balle dans le dos. John ne put s'empêcher de vomir à la vue de cette horrible scène. Il observa tout de même les cadavres. Leurs tenues semblaient peu différentes de celles de son époque. Il n'y avait pas de brûlures autour de leur blessure donc il en déduit qu'il s'agissait d'un fusil semblable à ceux qu'il a connu plutôt qu'un pistolet laser. John en vint donc à la conclusion qu'ils avaient été tués à son époque et qu'ils avaient été abandonné là depuis le temps. Il ne savait pas comment réagissait un cadavre dans une forêt après 30 ans, mais cette idée était la plus plausible selon lui.

Il se remit en route lorsqu'il entendit une branche craquer.

« – QUI VA LÀ ? » cria John.

Mais il reçut ce qui ressemblait à un coup de crosse de fusil dans la tête et fut plongé dans le noir presque instantanément.

Lorsqu'il ouvrit les yeux un peu plus tard, il était toujours dans le noir et il comprit qu'on lui avait mis quelque chose sur la tête. Il sentait une douleur énorme à la tête à l'endroit où on l'avait frappé et où plus tôt il s'était cogné. Ce qui l'inquiétait :

« – IL Y A QUELQU'UN ? J'AI PEUT-ÊTRE UNE COMMOTION !, cria-t-il avant de reprendre plus calmement, écoutez, je viens du passé. J'ai été en hibernation depuis 2018 et j'ai été réveillé cette année en 2048. J'aimerais être ausculté par un médecin et rencontrer l'un ou l'autre scientifique. J'aimerais aussi avoir un accès internet pour étudier comment le monde a évolué. S'il vous plaît, vous m'entendez ? »

Il entendit une porte s'ouvrir. Le mécanisme qu'il entendait semblait futuriste étant donné le « pssschhhht » qui précéda.

On lui retira le sac qu'il avait sur la tête et une superbe jeune femme se tenait devant lui. Elle était grande, blonde et élancée. Sa silhouette sportive effaça complètement l'hypothèse d'un futur rempli d'obèses de l'esprit de John. Elle était habillée de façon très sexy puisque seul un gilet semblait tenir sa poitrine en place et laissait apparaître son nombril ainsi qu'une grande partie de son ventre. Elle avait un pantacourt plein de poches qui semblait une taille trop petite pour elle. Ce qui avait pour effet de bien serrer sa taille et ses fesses. Ses lèvres pulpeuses s'ouvrirent alors pour laisser une voix féminine avec un ton ferme s'exprimer :

« – Comment ça tu viens du passé ?

– J'ai hiberné depuis 2018.

– Et nous sommes en quelle année ?

– En 2048 ! Écoutez j'ai plein de questions, qu'est devenue l'Amérique ? Et la Belgique ? Le monde en général ? Quelles sont les évolutions technologiques ? Et bien d'autres encore !

– Vraiment ?

– Oui, je brûle de curiosité.

– Et bien, dit-elle en s'abaissant à son niveau, l'Amérique a été ravagée par une bombe nucléaire envoyée par la Corée du Nord. La surface habitée correspond plus ou moins à l'île de Londres et est gouvernée par un cyborg : Donald Trump.

La Belgique, ce petit territoire n'existe plus depuis 2026. La partie inférieure ainsi que le Luxembourg se sont annexé à la Germanie. La partie supérieure est devenue néerlandaise quant à elle. La Germanie c'est un pays fusion entre la France et l'Allemagne né en 2022 et le Nederland est né en 2023 par l'Alliance des Pays-Bas, du Danemark et des Royaume-Unis. D'ailleurs, ces derniers n'existent plus, c'est Londres le nom de l'île puisque la mer à tout recouvert jusqu'à la périphérie de l'ancienne capitale.

Le monde ? Et bien ? Tu le découvriras très vite, les cartes se sont redessinées, le français et le russe sont devenues les langues internationales. L'Asie n'existe plus, c'est la Russie maintenant. Le Japon a été submergé et la Corée entièrement rasée. Poutine II a rassemblé la majeure partie du monde sous sa bannière et a élu des gouverneurs qui régissent son territoire.

Les évolutions technologiques ? On devrait parler de régression. Le dictateur Coréen Kim Jong-un, dans une crise de folie a mis le feu à des milliers d'endroits, a jeté des déchets toxiques, partout. Bienvenu dans un monde post-apocalyptique comme dans les films de ton époque, bienvenu en 2048, bienvenu en enfer, dit-elle en se relevant d'un air impitoyable.

– C'est pas vrai… »

La femme sortit de la pièce ne jetant aucun regard à John et ferma la porte en tirant sur une cordelette sortant du plafond de l'autre côté de la porte.

John n'en croyait pas ses oreilles… était-ce possible ? Était-ce vraiment la fin du monde qu'il a connu ? Ses rêves étaient tous tombés à l'eau…

Chapitre 5
Au-delà des murs

Quelques minutes plus tard, la porte s'ouvrit à nouveau et un homme très élégant entra dans la pièce :

« – Vous avez rencontré notre chère Carmen. »

L'homme commença à détacher les poings et les jambes de John. Quant à lui, il ne pouvait espérer un meilleur physique à associer au nom de Carmen. Il regarda instinctivement son poignet, mais sa montre n'y était plus. L'homme qui était entré dans la pièce avait remarqué ce geste et en reculant expliqua :

« – Voyez-vous, lorsqu'on vous a ramassé vous aviez fait de sacrés dégâts. La fumée va sûrement attirer d'autres personnes et il faut rester sur ses gardes par les temps qui courent, vous vous en doutez. Alors nos bons soins ont forcément un coût, c'est pour cette raison que nous vous avons débarrasser de votre montre et de vos anneaux à induction aux chevilles. Néanmoins, c'est peu comme attirail pour voyager ces temps-ci… avez-vous un repère ? Des vivres ?

– Les temps qui courent ? Que se passe-t-il au juste ?

– C'est une plaisanterie ? Vous ne savez vraiment pas ?

– Non, pour dire vrai… je viens du passé. De 2018 pour être précis. Mais votre amie, Carmen, m'a fait un topo sur ce qu'il était arrivé au monde en général.

– Ha bon ? Elle vous a dit pour l'état actuel du monde ?

– Euh…

– Écoutez, on vit aujourd'hui dans une véritable anarchie. Le monde est en survie constante. Toutes les ressources ont été épuisées dans les années 2030 et depuis on lutte pour essayer de récupérer de l'énergie. Si vous voulez, maintenant on transporte l'énergie dans des bonbonnes. Elle se récolte par le vent, le soleil, l'eau, etc et est transformée pour être transportée. Mais seul Poutine 2 possède les usines nécessaires à la transformation et l'empaquetage. Il envoie à l'Europe quelques bonbonnes et on se bat pour avoir sa dose d'énergie. Mais vous vous doutez bien qu'il n'en donne pas assez pour toute l'Europe. On est un peu son terrain de jeu. Il y a des drones de surveillance dans pas mal de secteurs comme ça il peut tout voir. Et il s'amuse à bombarder des endroits, à donner des rations à certains groupes,… il joue. Heureusement, il ne connaît pas l'existence de ce village et nous aimerions que cela continue de la sorte. Aussi, ce soir nous procéderons à votre exécution.

– Vous voulez dire qu'on est vraiment dans un monde post-apocalyptique ? Comme dans les jeux vidéo, la loi de la jungle, la survie et tout ça ? Attendez… MON EXÉCUTION ???!

– Oui, aucun témoin de l'existence de cet endroit. Et vous avez sans doute attiré les regards avec votre carnage en forêt. De plus, on ne vous connaît pas.

– Mais vous ne pouvez pas me tuer, c'est inhumain ! Je suis quelqu'un de bien je vous assure.

– Il n'y a plus d'humanité ici…, » dit-il commençant à quitter la salle, mais une fois à la porte il rajouta :

« – Je vous rends services, les types bien sont les premiers à y passer dans ce genre de monde. »

John se retrouva seul encore une fois confronté aux flots de questions qui trottaient dans sa tête. Il se leva et parcourut la pièce dans laquelle il se trouvait. Il avait l'impression d'être dans un container ou dans une sorte de garage en tôle. La porte ne semblait s'ouvrir que d'un côté. Il ouvrit la seule armoire de la salle et y trouva le strict minimum pour boire et manger. Ces nouvelles révélations l'avaient beaucoup marqué.

C'est alors que la porte s'ouvrit à nouveau et c'était l'homme élégant qui entrait à nouveau :

« – Enfilez ces vêtements et suivez-moi »

John ne posa pas de questions et s'habilla de ses nouveaux vêtements avant de se lever et de suivre l'homme. En 2018, la suprématie américaine était largement supérieure à celle des russes et pourtant aujourd'hui, les USA n'existaient pratiquement plus et la Russie dominait le monde. L'homme voyait John perdu dans ses pensées et tandis qu'ils avançaient le long d'un couloir, avant de monter des escaliers, il décida de prendre la parole :

« – Nous sommes ici dans un village complètement autonome. Nous essayons de nous sustenter par nous-mêmes et de répondre à nos propres besoins. Au niveau de l'énergie, nous avons une petite réserve, mais les habitants ont un créneau pour l'utiliser. Nous organisons des explorations pour renflouer nos stocks, mais bien souvent, nos hommes tombent sur des pilleurs nomades qui les descendent sans pitié. Nous voilà dehors, vous voyez ce mur ; il encercle notre périmètre. Il y a des tours de guet à chaque point stratégique afin de voir venir n'importe quel ennemi. En dehors de ce mur, la vie est cruelle. C'est la loi de la jungle. Les hommes sont devenus de vrais animaux. Au-delà du mur, personne ne survit plusieurs jours. C'est un enfer et c'est pour ça que j'ai profité des structures en place pour venir m'installer ici avec quelques personnes. Nous avons ensuite accueilli de nombreuses autres personnes qui ont passé nos tests pour être acceptées. S'ils échouaient, ils subissaient le même sort que vous subirez ce soir. C'est notre sentence et c'est comme ça que ça marche ici. C'est ainsi que je gère la ville. Je ne me suis pas présenté d'ailleurs. Je m'appelle Grégory Obama. »

John regardait le mur, qu'était devenu le monde par-delà cette enceinte ? Et que lui arriverait-il le soir même avec cette exécution ? John avait peur et pour la première fois depuis son réveil il regrettait le futur, il regrettait de ne pas être resté en 2018…

Chapitre 6
L'exécution

Grégory Obama avait fait visiter tout le village à John qui lui a posé la question qui lui brûlait les lèvres : êtes-vous de la famille Barack Obama ? À sa grande surprise la réponse était oui. Grégory était le fils du fils du frère de l'ancien président américain. La descendance de Malik Obama. John ne le connaissait pas bien, mais se souvenait que Malik Obama était à la une des journaux pour avoir voté Trump à l'époque.

Ensuite, John fut emmené dans un long couloir et enfin dans une sorte de belle loge. Il y avait une centaine de tenue, un miroir entouré d'une guirlande de lampes, du maquillage de toute sorte et bien d'autres bricoles. Ce village ne ressemblait en rien à un village de survie post-apocalyptique. La seule chose qui avait disparue, c'était l'argent. Ils se basaient sur le troc de biens et de services, parfois anodins même.

Grégory et ses hommes laissèrent John dans la loge et avant de fermer la porte, Grégory lui dit :

« – Montre-toi dans ton plus bel habit ! »

Tout ceci intriguait John. Il jeta un œil à la garde-robe de la pièce et y trouva une panoplie incroyable de tenues différentes. Il y trouva une superbe chemise à pois un peu moulante ainsi qu'un pantalon avec une ceinture. Il les enfila et se regarda dans l'un des nombreux miroirs de la garde-robe. Ça lui rappelait la tenue de son bal de fin d'année lorsqu'il quitta son école à 18 ans. Il comprit qu'il avait sans doute droit à une dernière soirée avant d'y passer. Il commençait doucement à accepter la sentence et n'avait finalement guère le choix. Mais il pensait que c'était peut-être mieux pour lui de quitter ce monde qui n'était en rien semblable à ses rêves. Un bruit sourd retentit dans le couloir et des pas précipités. Il entrouvrit sa porte mais son couloir était vide. Il referma lorsqu'il entendit quelqu'un courir. Un homme plutôt bien bâti, grisonnant, mais semblant en forme se rua vers lui, le bouscula à l'intérieur, ferma la porte et se réfugia dans la garde-robe. Ensuite, à travers la porte, John entendit de nombreux pas courir et la voix de Grégory :

« – Tuez-le, je ne veux pas qu'il s'échappe ! »

Alors que John avait son oreille encore contre la porte, quelqu'un frappa. John attendit quelques instants puis ouvrit la porte. C'était Grégory qui semblait essoufflé, mais essayant de camoufler cela :

« – Bonjour John, par hasard un homme n'aurait-il pas frapper à votre porte il y a quelques minutes ?

– Non, répondit instinctivement John.

– Fort bien, un fugitif semant le trouble s'est enfui et nous ne voulons pas qu'il perturbe notre vie paisible.

– Ce serait dommage en effet, j'espère que vous le retrouverez.

– Nous l'espérons aussi… merci John »

Grégory repartit alors que John ferma la porte se

tournant vers la garde-robe. L'homme en ressortit et sauta dans les bras de John :

« – Merci ! Vous n'imaginez pas l'enfer caché dans cet endroit, il faut que nous partions d'ici au plus vite !

– Écoutez, je ne comprends rien, qui êtes-vous ?

– Désolé, je manque d'honneur et de politesse. Je me présente, je suis Louis. Je viens d'une petite bourgade pas très loin d'ici sous la tutelle du gouverneur Grégory dit le vorace.

– Le vorace ? En voilà un drôle de nom pour un homme si bon et à la tête d'une si jolie ville…

– Tout ceci n'est que du paraître. Devant ses partisans, Grégory semble bon et sincère, mais en réalité c'est un impitoyable tyran. Poutine II l'a désigné comme gouverneur de cette région, la Haute Germanie, et il contrôle tous les villages aux alentours… il réclame un tribut énorme en ressources et un homme chaque mois. Sous peine d'incendier complètement le village. Nous ne possédons aucune arme, ils nous ont tout pris, nous ne pouvons pas nous défendre. Dans l'ombre de sa ville, il torture des gens, pille des bourgades et d'autres infamies dont je ne saurais parler. Il est répugnant.

– Vraiment, tout semblait parfait ici, presque utopique…

– Oui, c'est pour ça qu'il a nommé cet endroit Utopia. Il est cruel, c'est d'ailleurs pour cette cruauté que nous sommes là.

– Comment ça ?

– Il demande un homme par mois aux bourgades de la Haute Germanie. Ce qui fait 24 hommes. Il envoie les 24 hommes s'affronter avec toutes sortes d'arme au sein de cette arène et le gagnant est envoyé auprès de Poutine II pour renforcer son armée. Mais souvent c'est un bain sanglant de larmes et de sang auquel le dernier survivant met fin à ses jours.

– Mais c'est horrible.

– C'est pourtant bien vrai, c'est le divertissement de tout le village. Ceux qui souhaitent participer à ce spectacle n'ont qu'à s'installer dans le Colisée et regarder. À leurs yeux, nous ne sommes que des pilleurs ou des bandits qui veulent leur mal… mais s'ils savaient… Certains savent… des anciens de nos bourgades qui ont passé les tests et sont maintenant dans les rangs de Grégory… ceux-là me dégoûtent, dit-il en crachant par terre.

– Y a-t-il un moyen de fuir ?

– Pas un que je connaisse, mais j'ai un plan. Je vais assassiner Grégory ce soir. Je me suis longtemps entraîné au tir à l'arc, à l'arbalète et au lancer de lance. Si l'une de ces 3 armes se trouvait dans l'arène, je l'utiliserais contre lui et ensuite, je fuirais dans la panique générale. Tu pourrais m'aider et fuir avec moi ! »

John laissa un blanc avant de répondre. Cette offre de vivre encore et de découvrir la réalité de ce monde lui plaisait beaucoup. Mais si cet homme le bernait ? Ou était-ce vraiment Grégory qui le bernait ?

« – Très bien, dis-moi ce que je dois faire !

– Protège moi pendant que je tue Grégory.

– Quoi ? Mais je ne sais pas me battre.

– Tu apprends très vite quand ta vie en dépend »

Une sirène retentit alors, et les portes de tout le couloir s'ouvrirent, une grille tomba alors au bout du couloir obligeant les hommes à sortir à l'autre bout, 25 hommes entrèrent alors dans un endroit très sombres. Les lumières s'allumèrent d'un coup et laissait apparaître un énorme Colisée dans lequel un public faisait une ovation. Dans un balcon, en face du couloir d'où venaient les hommes, très haut, se tenait debout Grégory, vêtu d'une belle et grande cape rouge. Des hommes encerclant les 25 hommes pointèrent leurs armes sur ces derniers et exigèrent qu'ils se mettent à genoux. Ce qu'ils firent tous, un des gardes leur dit alors de répéter cette phrase que tous dirent en cœur, mais qui figea John d'effroi :

« Ave Grégory, ceux qui vont mourir te saluent »

Chapitre 7
Que les jeux commencent

Louis, John et les 23 autres hommes étaient à présent seuls dans l'arène. Grégory s'était installé dans un énorme fauteuil d'or et de tissus rouge et regardait le spectacle d'un œil vicieux. C'était en effet le mot juste, car au moment où les combattants saluèrent Grégory, John était persuadé avoir vu s'ériger une bosse au niveau de l'entrejambe de celui qu'on appelait le vorace. Au centre de l'arène était amassé un tas d'armes en tous genres si bien qu'on pouvait à peine distinguer les différentes armes disponibles dans cet amas. Chaque homme était placé à un angle du cercle à distance égale entre eux et du centre où étaient déposées les armes. Le public se mit à décompter à partir de 10 tandis que John cherchait Louis du regard. Soudain le public cria « ZÉRO » et tous se lancèrent vers le tas au centre alors qu'au même moment des armes furent lâchées par les spectateurs du premier rang derrière chaque homme. John qui n'avait pas bougé était sans doute le seul à s'en être rendu compte et, en se retournant, il tomba sur une sorte de gros fusil blanc. Il pensait à un fusil à plasma au vu de l'aspect futuriste voire alien de cette arme et s'en empara. L'arène était gigantesque et des murs, à la base ancrée dans le sol, permettaient de se mettre à l'abri et de ne pas être exposé aux tirs.

Des cris de douleurs transperçaient les tympans de John entre les applaudissements et les cris émanant du public. C'est alors qu'une balle perdue passant à côté de la joue de John le ramena à la réalité du combat. Il se retourna pour en voir la source et trouva à quelques mètres de lui un gamin, Desert Eagle à la main, tremblant de tout son corps. John l'avait échappé belle, mais si le gamin tentait un nouveau tour, il savait qu'il ferait mouche et il n'avait pas le temps de dégainer. C'est alors que, sorti de nulle part, dans un grand saut, Louis vint asséner le gamin d'un bon coup de crosse de la mitrailleuse qu'il avait en bandoulière. Le gamin tomba presque instantanément et John était heureux de voir l'humanité qu'il restait en Louis en épargnant ce gamin. Louis ramassa alors le revolver du gamin et lui tira une balle dans la tête. Puis il regarda John en souriant et lui balança l'arme que John, pris au dépourvu, laissa tomber.

John était perturbé par tous ses cris et n'avait qu'une envie, fuir. Mais il ne pouvait pas fuir tout comme il ne pouvait pas tuer. Néanmoins, il pensait qu'il pouvait blesser. Il vit alors un homme très grand et très fort tabassant un homme âgé et frêle. Il dégaina son arme et tira, lorsque le néon bleu sorti de son fusil atteignit le colosse, celui-ci s'envola comme s'il ne contrôlait plus rien et se fit descendre d'une balle du vieux qu'il venait de tabasser. Celui-ci s'adressa alors à John :

« – Je suis trop jeune pour mourir, mais je t'en dois une, petit ! Je couvre tes arrières. À deux on s'en sortira mieux. »

Son visage était bien amoché et il se déplaçait avec beaucoup de difficultés, mais ses yeux étaient illuminés d'une rage indescriptible. Louis se joignit de nouveau à eux et demanda à John :

« – Tu as quoi comme flingue ?

– Je sais pas, répondit John.

– Un fusil antigravitationnel, expliqua le vieil homme.

– Pas mal John ! Ça va nous servir, quand je te le dirais, tire-moi dessus et je m'envolerai pour transpercer la tête du vorace avec cette lance ! »

Louis et l'homme âgé tuèrent 2 nouveaux combattants quand la voie parut libre. Louis se mit alors à hurler en criant « THIS IS SPARTA » et le vieux tapa sur l'épaule de John qui n'avait pas compris :

« – C'est le signal ! »

John était étonné qu'une réplique culte de son époque était restée si longtemps culte, mais il tira immédiatement sur Louis qui s'envola et qui, après avoir repris un peu d'équilibre, lança son javelot en direction de Grégory. Celui-ci fonça alors tout droit dans la tête de l'homme assis au balcon. Le public en retint son souffle. Louis avait frappé au bon endroit et avait fait un lancer parfait, cependant, Grégory devint moins opaque et tout le monde comprit alors qu'il s'agissait d'un hologramme grâce aux tremblements visuels aux différents niveaux de son corps.

Le vieil homme s'empara de l'arme de John, pivota un bouton et tira sur Louis qui s'écrasa au sol. La panique avait pris place dans le public et dans la cohue plus personne ne semblait faire attention aux combattants, les 5 derniers debout se dirigèrent alors en courant vers le couloir, ils y parvinrent rapidement alors qu'un sixième, les suivant, se fit trancher par une grille qui se referma. Louis menait le groupe et semblait connaître une sortie, ils montèrent alors des escaliers et se trouvèrent dans un autre couloir au bout de laquelle une fenêtre donnait sur l'extérieur. Louis prit la tête à nouveau, suivi des 4 autres hommes. C'est alors que, sorti de nulle part, un filet tomba du plafond et électrocuta Louis le plaquant au sol. Ce dernier était complètement grillé et une énorme marque comme une sorte d'éclair était apparue sur son torse. Ils longèrent le mur pour éviter le filet qui semblait encore électrocuter le corps de Louis pris de spasmes fous. Ils arrivèrent enfin devant la fenêtre. Le vieux cria :

« – Je sors en premier laissez-moi passer !!

– Ils sont par-là je les entends, cria une voix dans les escaliers »

Les deux hommes qui accompagnaient John et le vieil homme se regardèrent et lancèrent l'homme âgé à travers la fenêtre afin de la briser. Ils hissèrent John dehors et un des deux hommes sortit également. Lorsque le deuxième homme passa sa tête par la fenêtre, des bruits de mitraillette transpercèrent le couloir et ce dernier cracha du sang avant de succomber. Son corps bloquait alors la fenêtre et John et le dernier combattant prirent la fuite enjambant le corps inerte et ensanglanté du vieux. Le combattant s'empara d'une torche dans la rue et la balança sur une bâtisse en bois, un énorme feu se propagea très vite alors que John et son nouvel acolyte escaladaient le mur pour passer de l'autre côté.

Ils atterrirent derrière la palissade et entendaient s'élevaient des cris et des pleurs ainsi qu'une énorme fumée noire. Soudain, le feu semblait avoir trouvé le chemin vers les ressources d'énergie puisqu'une énorme explosion retentit avant de plonger l'endroit dans un calme mortuaire.

Les oreilles de John et du combattant sifflaient alors qu'ils s'éloignèrent de l'incendie et de cet endroit maudit pour s'enfoncer quelques centaines de mètres plus loin dans une forêt immense et obscure.

Chapitre 8
La décennie découverte

John et son compagnon arrivèrent sur un énorme parking sur lequel était entreposées plus d'une centaine de voiture.

« – Elles appartiennent à Utopia, dit le compagnon, prenons-en une et partons de cette foutue forêt maudite.

– Maudite ?

– Je t'expliquerai une fois qu'on sera à l'abri »

Il semblait très inquiet et scrutait les environs. Ils arrivèrent près d'un van très poussiéreux, il était ouvert, John entra côté passager alors que son acolyte s'installa comme chauffeur.

« – Ferme toutes les portes, et cache toi à l'arrière. »

Ce que John dit immédiatement. L'homme fouillait dans la boîte à gant et trouva quelques objets pratiques puisqu'il les mit dans ses poches. Sous le siège arrière, John trouva un sac à dos qu'il lui tendit. L'homme remplit alors le sac à dos.

« – Va dans le coffre, j'irais sur la banquette arrière. Toutes les vitres sont teintées sauf celle à l'avant. On ne se fera pas repérer de cette manière. »

John et lui passèrent une nuit très froide dans cette camionnette. Ils ne dormirent presque pas et le combattant semblait sur le qui-vive, prêt à réagir à n'importe quel moment. Aux premiers rayons de soleil, l'homme se mit à l'avant de la voiture et démarra très vite. John qui n'avait pas bougé du coffre fut très secoué, et tenta de regagner le siège passager du mieux qu'il put. Lorsqu'il y parvint, il regarda derrière lui et demanda :

« – Qu'est-ce que tu essaies de fuir ?

– Les terribles monstres, les résultats de la décennie découverte…

– La décennie découverte ?

– Entre 2025 et 2035, nous avons fait d'énormes progrès scientifiques et notamment en matière de biologie. Des hommes ont tenté de recréer des monstres mythologiques comme les lycans et les vampires qui vivent dans cette forêt.

– HAHAHA, John éclata de rire ce qui lui valut un regard meurtrier de la part du conducteur, quoi ? C'est sérieux ?

– Des scientifiques ont mélangé l'ADN d'hommes avec des loups. Ils ont également tenté de faire des surhommes. Les sirènes ont également été créées. Mais ces lycans et ces vampires vivent dans les forêts en meutes. Ceux des alentours protègent Grégory en échange de cadavres.

– Des vampires et des loups-garous ? Est-ce vraiment possible.

– Tu vas très vite le découvrir, dit le conducteur en montrant un attroupement un peu plus loin. »

Le véhicule accéléra très vite et se rapprochait de l'attroupement. Les individus se relevèrent alors et se retournèrent sur le van. C'est là que John les vit. Ils mesuraient plus de deux mètres, des sortes de loup sur deux pattes avec des yeux jaunes transperçant. Ils se mirent à courir en direction du van qui les percuta un à un. Lorsqu'ils passèrent tous au-dessus, le van écrasa le cadavre qu'ils semblaient se partager et John regarda en arrière, les monstres les suivaient aux pas de course, ils étaient très rapides. Ils n'avaient pas le museau d'un loup, mais le visage entre l'homme et le gorille. Ils étaient répugnants et figeaient John de panique. Le combattant ne se laissait pas impressionner et continuait d'accélérer, prenant des virages en dérapant. Cinq de ces créatures étaient derrière le véhicule et ne semblaient pas prêtes à abandonner la poursuite. L'une des bêtes s'arrêta quelques instants avant de bondir d'un saut impressionnant et d'atterrir sur le toit dans un bruit sourd. Le conducteur décida donc d'entrer dans la forêt afin d'utiliser les branches pour se débarrasser de l'hôte indésirable et des arbres pour semer les autres monstres. Il parvint à faire chuter celui sur le toit après quelques secondes, mais celui-ci repris la course aux côtés des autres alors que le passage devenait impossible pour le van. John ferma les yeux et pria de toutes ses forces pour sortir de ces ennuis. Comme si son vœu était exaucé, un énorme oiseau sorti des feuillages et attrapa l'un des monstres de ses grosses pattes et s'envola avec celui-ci. Les lycans firent donc demi-tour tandis que le véhicule regagnait une route digne de ce nom en dehors de la forêt. John était paniqué :

« – C'est quoi ce truc ? Des loups-garous ?? Pourquoi l'Homme aurait créé de tels monstres ?

– L'Homme l'a créé dans ses livres et pour amuser la galerie, pour le divertissement il l'a façonné… tout comme d'autres créatures.

– D'autres créatures ? Il y en a d'autres des comme ça ?!

– Plus que nous ne pourrions jamais l'imaginer… cette décennie des découvertes fut une grande avancée, mais aussi le début de la fin…

– Mais dans quel monde suis-je tombé ?

– Pardon ? Tu n'es pas de la région ?

– C'est vrai que nous n'avons pas eu le temps de nous présenter… je suis John. J'ai hiberné depuis 2018 pour me réveiller ici et trouver un monde futuriste, enfin c'est ce que je pensais… mais depuis le début, c'est en enfer que je suis tombé…, il avait dit cela en repensant à ce que lui avait dit Carmen sur cette chaise.

– En enfer… les mots sont bien choisis… j'aurais aimé connaître 2018 et les années précédentes. Je m'appelle David et je viens d'un village sous l'emprise de Grégory. J'ai accepté d'être le tribut dans l'espoir de le tuer, mais tout ne s'est pas passé comme prévu. J'ai une femme et deux enfants qui attendent mon retour avec une bonne nouvelle, mais je ne peux pas y retourner… je n'ai pas de bonnes nouvelles… »

Une larme coula sur la joue de David alors qu'ils avançaient le long de la route dans un silence troublant.

John brisa alors ce silence après ce qui lui parut une éternité :

« – Où allons-nous ?

– Là où nous mènera la route…

– Allons à ton village, tu as une bonne nouvelle. Nous avons incendié Utopia et Grégory, tout ça est fini.

– Oui, tu as raison… Allons-y ! Tu es bon, John. Je te remercie. J'ai hâte de te présenter ma famille »

Un sourire illuminait cette fois le visage de David et ils firent alors demi-tour sur la route pour rejoindre le village de David où John espérait connaître un peu de vrai repos depuis qu'il était sorti de la salle dans laquelle il s'était réveillé 30 ans plus tard…

Chapitre 9
Le village Kogel

« – Dis-moi, David, par hasard, tu en sais plus sur la grande blonde qui accompagnait Grégory ?

– Oui, elle s'appelle Carmen. Elle est la fille d'un scientifique de renom. Poutine II l'a mis à son service sous la condition de mettre sa fille en sûreté. Poutine II l'a donc confiée à Grégory. On dit que ce scientifique a percé le secret du voyage dans le temps. Une sorte de machine à remonter le temps sans doute, quoiqu'il en soit Poutine II est prêt à tout pour percer ce secret.

– Poutine II… c'est un descendant de Vladimir Poutine ?

– Poutine n'avait que deux filles. Il a donc décidé un jour de faire naître un garçon et à partir de sa petite graine et d'un ADN amélioré par la science et d'autres choses qui nous dépassent, est né le jeune Poutine II qui tient très bien de son père. Certain disent que le cerveau de Vladimir a même été associé à celui de son marmot. »

John était terriblement étonné de ces révélations… cette Carmen, il ne savait pas pourquoi, l'intriguait beaucoup et avait des traits familiers pour lui. Et ce Poutine II semblait d'une cruauté sans pareille. Il avait asservi le monde et avait une gouvernance qui faisait penser au Moyen-Age selon John. Un roi puissant répartissant la régie de son territoire à des plus petits seigneurs le tout surveillé constamment par des drones. Toute cette histoire lui faisait froid dans le dos. Et il se posait beaucoup de questions sur Grégory et son village. Ce dernier lui avait dit que personne ne connaissait l'existence d'Utopia, mais Louis lui avait certifié qu'il était l'un des gouverneurs de Poutine II qui lui-même aurait confié Carmen à Grégory. John était perdu dans ce monde et aurait aimé pouvoir se reposer quelques heures pour réfléchir à tout ça, mais David interrompit sa réflexion :

« – On y est bientôt.

– D'où vient cette énorme fumée noire ? »

David ne répondit pas, mais accéléra alors que John regardait défiler un nombre incalculable de maisons abandonnées sur lesquels la nature semblait avoir repris son droit.

Ils arrivèrent devant une palissade en bois qui tenait à peine debout. David ne dit mot et la défonça avec le véhicule. Ce qui, selon John, n'était sans doute pas la manière la plus intelligente pour recevoir un accueil chaleureux. Ils arrivèrent près d'une église en ruine qui était visiblement la place du village. La fumée venait de cette place et d'un tas d'immondices brûlés. David sorti en courant vers le tas et se mit à hurler tombant sur ses genoux. Intrigué, John sortit à son tour du véhicule et s'approcha du tas. Il s'agissait en fait de corps calcinés. Les habitants du village de David sans doute… John discernait hommes, femmes et enfants, le spectacle était horrible et, pris de haut-le-cœur, John vomit un peu plus loin. David avait fondu en larmes alors que John, se relevant, observait les horizons espérant trouver des survivants. Il pensait qu'il était préférable de laisser David tout seul et se mit à faire le tour des maisons pour entendre, il l'espérait, des personnes encore vivantes. Mais après avoir marché un bon moment, il comprit qu'il ne restait personne. Il arriva devant la grande porte de la palissade en bois qui avait été enfoncée elle aussi. Il y avait un panneau sur lequel on pouvait lire « Bienvenu au village Kogel. Le partage et la bonté sont nos mots d'ordre en ~~2046~~ ~~2047~~ 2048 ». Les années 2046 et 2047 avait été barrées sans doute chaque année pour ajouter la suivante. Derrière le panneau, John trouva une feuille pliée en 4 sur laquelle il y avait une lettre. Il la parcourut :

« Que ce village serve d'exemple. Suite à la tentative de meurtre du grand et généreux Grégory et à la fuite de leur champion, nous avons décimé jusqu'au dernier des habitants du village Kogel. Si les contrats ne sont pas respectés, le gouverneur agit. Prenez donc garde. Ces 2 fugitifs, David et John, sont recherchés activement.
Votre gouverneur, Grégory Obama. »

Le texte était suivi de deux portraits robots peu réussis des deux hommes. John déchira la lettre et laissa les morceaux partir au vent. Ce Grégory le répugnait et il n'avait plus qu'une envie, le retrouver et l'égorger. Mais il se demandait s'il était capable de tuer quelqu'un de ses propres mains. Tandis qu'il retournait vers son ami David, il se rendait compte qu'il était nécessaire dans ce monde de pouvoir tuer quelqu'un sans scrupule pour sauver sa peau. Lorsqu'il arriva enfin sur la place, un homme encapuchonné pointait un fusil futuriste sur la nuque de David alors que sorti de derrière lui, une voix d'homme lui ordonna :

« – Agenouille-toi immédiatement et ne tente pas de résister. »

John s'exécutait en regardant David pour voir si ce dernier avait un plan. Mais, regardant le sol, il semblait dépité par les derniers événements et avait abandonné toutes formes de résistance.

Ils restèrent en silence quelques longues minutes avant que des bruits de nombreux pas animèrent la place. Une vingtaine de personnes encapuchonnées se présentèrent alors devant John ou plutôt devant l'homme qui tenait le fusil derrière John. Ils semblaient très ordonnés, comme à l'armée et l'un d'eux s'avança :

« – Les camions sont chargés, nous avons fouillé tout le village et avons récupéré tout ce qui peut nous être utile. Qui sont ces hommes ?

– Lui, c'est David, le champion du village et ex chef de l'équipe chargée des expéditions. Lui, je ne sais pas, dit l'homme derrière David.

– Doit-on les exécuter ? demanda le soldat.

– Non, ils vont venir avec nous, répondit calmement la grosse voix derrière John »

Il s'adressa ensuite à David :

« – Toi, tu ouvres la bouche et je te descends »

Ils firent se lever David et John qui suivirent les soldats. Ils marchèrent pendant plusieurs minutes après être sorti des palissades avant d'arriver devant 3 énormes camions américains et une énorme camionnette. Les soldats montèrent à l'arrière de la camionnette. John et David montèrent à l'avant au côté des deux hommes qui les avaient arrêtés sur la place. Le plus petit, celui qui était derrière David, mis d'étranges anneaux autour de leurs poignets et lorsqu'il appuya sur un bouton d'une petite télécommande qu'il avait en main, les mains de David et de John se joignirent ensemble avec une force incroyable. Les anneaux étaient attirés l'un à l'autre par une force invisible et colossale. Le plus grand des hommes pris le volant et klaxonna 3 fois. Lorsque les 3 camions eurent répondu en klaxonnant également 3 fois, ils se mirent enfin en route. David, la tête baissée, ne dit aucun mot et ne regarda pas John une seule seconde. John, quant à lui, était encore submergé par un nombre conséquent de questions, mais n'était plus surpris de la tournure des événements et commençait à s'habituer à ce que tout tourne mal dans ce nouveau monde qu'il partageait avec ses kidnappeurs. Sans doute, ceux-ci avaient vu l'avertissement de Grégory et comptaient livrer les deux hommes contre un cadeau magnifique ou une quantité généreuse d'énergie…

Chapitre 10
L'armée rebelle

Après de très longues minutes voire des heures de silence, les camions s'arrêtèrent enfin sur le parking de ce qui semblait être une vieille usine abandonnée. La végétation y était néanmoins abondante, comme s'il y avait des décennies que cette usine était à l'abandon. Tout le monde descendit et se mit au garde à vous derrière les deux personnes qui avaient arrêter John et son comparse. Ils avancèrent jusqu'à l'entrée de l'usine de façon très ordonnée, ils passèrent ce qui semblait être un poste de contrôle où David et John furent montrer du doigt durant quelques messes basses. Enfin ils arrivèrent dans une grande cour au milieu des bâtiments. Tous se mirent au garde à vous, une dizaine d'homme encapuchonnés sortirent et se rangèrent au côté des 23 hommes que John put compter durant son voyage. Avec John et David, 25 personnes se tenaient dans cette cour au garde à vous, attendant que quelque chose se produise et cette chose se produisit. Après quelques secondes, un homme, encore plus grand que celui qui avait arrêté John, s'approchant des 2m15, apparut face à eux. Il avança d'un mouvement très détaché et très lentement. Enfin, il s'arrêta dos au groupe et pris la parole d'une voix grave et effrayante :

« – Qui sont ces hommes ? »

L'homme qui avait arrêté John s'avança, la différence de taille apparut alors comme flagrante, et il répondit assez fort pour que tout le monde entende :

« – Ces deux hommes ont été retrouvés sur la place du village Kogel. David, chef des équipes d'exploration du village, pleurait ses morts alors que cet homme l'accompagnait en fouillant les environs.

– Pourquoi David a-t-il été épargné ?

– Il était également le champion du village pour le tribut. Il a réussi à fuir d'Utopia et est activement recherché par Grégory comme le certifie cette lettre laissée par le vorace dans les endroits clés de ce qu'il reste du village.

– Recherché par Grégory… »

L'homme semblait réfléchir. John comprit alors qu'ils n'avaient pas été emmené pour la rançon enfin pas immédiatement puisque la décision semblait revenir au chef qui se tenait devant eux :

« – Et lui ? Est-il recherché par Grégory ?

– Oui, pour tentative d'assassinat et destruction d'un village.

– Et qui était sa cible ?

– Grégory, le vorace.

– Tiens donc, nous avons ici deux rebelles. Et où pouvait-il tomber mieux qu'au poste de commandement de l'armée rebelle ? »

L'homme rigola et s'approcha de John et David, il retira alors son capuchon, laissant découvrir un visage amorphe. La moitié de son visage était un assemblage de fer, il lui manquait un œil, remplacé par un hublot de fer fermé, le tout semblant avoir été soudé ensemble et glissé sous la peau de la partie gauche encore en état. Il n'avait plus qu'une oreille et la moitié de ses cheveux blonds étaient assez long pour recouvrir son crâne de fer. Il s'abaissa alors pour approcher son visage de celui de John et reprit la parole en s'éloignant après l'avoir pénétré du regard :

« – David, toi, vous êtes ici dans le QG de l'armée rebelle qui veut renverser Poutine II. Je n'ai sous ma tutelle que 34 têtes qui se tiennent sur ce béton à ce moment même. Tous dans le même état que moi. D'anciens membres de l'armée de Germanie qu'on a tenté de rafistoler avec de la ferraille. 34 survivants à la guerre de l'Est pour défendre les pays baltes, la Pologne et la Finlande de l'envahisseur russe, mais en vain. 34 soldats sur une armée de centaines de milliers d'hommes, complètement abandonnés, car jugés inaptes à combattre. 34 personnes partageant une haine incommensurable envers Poutine II et voulant mettre fin à cette société, à ce monde atroce dans lequel nous vivons ! »

À la fin de ces paroles, les 34 soldats tapèrent du pied au sol et ramenèrent leur main devant leur front pour saluer la grandeur de leur chef. Tous enlevèrent leur capuchon et John vit d'autres visages rafistolés, mais également des mains de métal, des jambes en prothèses améliorées, et il crut même apercevoir un homme avec une foreuse à la place de la main.

L'homme avança à nouveau vers eux :

« – Je suis le commandant Arnold, chef de l'armée rebelle ! Et je vous offre l'opportunité de rejoindre nos rangs. Comment t'appelles-tu ?

– Je m'appelle John.

– Et souhaites-tu te joindre à moi ? »

John réfléchit quelques instants sur cette proposition et regarda son compagnon de voyage qui ne levait pas les yeux du sol. Il se dit alors que David accepterait également de venger son village.

« – Oui, je veux rejoindre vos rangs !

– Bienvenue à toi, John ! Et toi… David… souhaites-tu rejoindre mes troupes ?

– Je préférerais mourir !

– Qu'il en soit ainsi ! »

David avait relevé les yeux pleins de larmes en répondant. Et dans le calme le plus complet, le commandant avait transpercé le cœur de ce dernier avec un poignard parfaitement aiguisé. Il appuya une nouvelle fois comme pour l'enfoncer un peu plus avant de le retirer alors que le regard de David donnait l'impression de le remercier. Tout son corps s'appuyait sur le bras musclé de Arnold qui retira lentement la lame. Cette dernière gouttait sur le sol tandis que dans un premier temps, David tomba à genoux, et regardait John. Pour John, le temps s'était comme ralenti et il vit le pardon dans les yeux de David qui lui souriait à présent, ce moment était gênant pour John, il ne s'attendait pas à perdre son allié. David regarda à nouveau devant lui et s'écrasa la face contre le sol. Tout le monde resta en silence plusieurs secondes avant que le commandant reprenne la parole :

« – David était un homme courageux et combattif, mais il puisait ses forces dans son village. Aujourd'hui, son village n'est plus, alors David ne pouvait plus être non plus. Il a pris la lourde décision de rejoindre sa famille et ses amis. Paix à son âme… »

Il laissa à nouveau un silence avant de reprendre :

« – Récupérez ses vêtements et ce qui peut être utile et ensuite brûlez-le. Je veux que vous récupériez ses cendres afin de les répandre dans son village. Quant à vous, John, je vais vous demander de me suivre. »

Il avait été très assurant dès son arrivée dans la cour, mais depuis que David s'était allongé, il avait un regard grave. John le suivit à l'intérieur d'un bâtiment qui semblait avoir été dépouillé de toutes ces machines. Il restait quelques appareils par-ci par-là, mais l'endroit ressemblait à un énorme hangar vide. Ils montèrent un escalier de métal qui menait à une pièce dont la fenêtre donnait sur l'ensemble de l'usine, ce qui permettait d'en surveillait chaque recoin. C'était un bureau, le commandant fit signe à John de s'asseoir avant de lui-même s'installer face à John, de l'autre côté du bureau. Il semblait réfléchir à ce qu'il allait dire. Il posa alors ses coudes sur la table et joignit ses mains. Il souffla un coup et parla toujours avec son air grave :

« – Que vous a dit Carmen ? »

Chapitre 11
Le Sud

John était vraiment troublé par cette question. L'homme se leva alors et devint menaçant :

« – Je vous ai posé une question. Je sais que vous avez rencontré Carmen, dites-moi ce qu'elle vous a dit.

– Je… elle… je ne sais plus précisément…

– Réfléchissez !

– Elle m'a décrit le monde dans lequel nous étions, elle a dit que c'était terrible. Elle a dit « bienvenue en enfer »

– Bienvenue en enfer ? Vous êtes sûr ?!

– Oui cette phrase m'a assez marqué pour que je m'en souvienne. Mais pourquoi cette question ? Et comment vous savez pour Carmen ?

– Vous ne trouvez pas étrange qu'un groupe armé vous tende une embuscade dans un village alors qu'il est censé ignorer votre arrivée ? »

C'est vrai que John ne s'était pas posé la question plus tôt, mais cela pouvait être le boucan ou la fumée qui avait attiré ses kidnappeurs. L'homme reprit, amusé cette fois :

« – Carmen vous a laissé un petit émetteur qui nous a

permis de vous suivre dans tous vos déplacements au sein de Utopia et en dehors. Une fois sorti, nous avons attendu que vous vous approchiez et d'après les informations qu'on avait et le tracé GPS, on a déduit que vous iriez au village de David. Là, on a pu vous cueillir en toute tranquillité.

– Mais pourquoi ?

– Une fois que Carmen a activé l'émetteur c'est que vous étiez en dehors de la ville et des soldats à proximité ont pris soin de ne pas vous laisser mourir. Les lycans les ont malheureusement retrouvés et en ont attrapé un. Ils sont donc revenus au QG. Quant au message de Carmen, « bienvenu en enfer », c'est le signal pour débuter l'opération contre Grégory ! »

Ces derniers mots avaient allumé une flamme dans ses yeux.

John se dit qu'il n'avait sans doute pas atterri dans la meilleure période pour profiter d'un bel avenir. Puisque, comme il le pensait, il était à l'aube d'une nouvelle ère, mais surtout engagé dans un nouveau conflit qui pourrait bien se terminer en Guerre Mondiale. Tous les scénarios se bousculaient dans sa tête. Ce monde, cette époque était tout le contraire de ce qu'il avait imaginé alors qu'il préparait son hibernation pour un saut de 200 ans dans le temps. Et beaucoup de mystères planaient autour de tout ça et il voulait trouver des réponses.

Le commandant reprit alors la parole :

« – C'est le début d'une aube nouvelle, vous pouvez regagner la cour, j'ai une grande annonce à faire ! »

Il lui ouvrit alors la porte du bureau et lui fit signe de se hâter de sortir. Une fois passer la porte, ce dernier la referma instantanément derrière John. L'endroit était vide, John revenait sur ses pas pour retourner dans la cour alors qu'il se posait des tas de questions. Il n'était pas prêt pour faire la guerre, il n'avait d'ailleurs aucune formation militaire. De plus, John se sentait affreusement seul et perdu.

Il arriva alors dans la cour qui était déserte. Il voyait au loin une brèche par laquelle il pouvait fuir tout ça... Après avoir hésité un court instant, il courut vers la brèche et s'enfuit dans les bois quelques mètres plus loin. Après quelques secondes, une personne le plaqua au sol. C'était un des hommes encapuchonnés de l'armée rebelle. John se dit alors que son heure était venue, pour de bon cette fois, mais l'homme prit la parole :

« Je m'appelle Jérémy, je n'ai que 25 ans, emmène-moi avec toi s'il te plaît ! »

Il semblait paniqué et en même temps très sûr de lui, John acquiesça et ils se relevèrent pour se mettre en chemin le plus loin possible de cette usine.

Jérémy rompit le silence :

« – Je ne peux plus rester avec celui qui a tué mes parents. Le commandant est un sadique... pas autant que Grégory, c'est vrai, mais c'est un militaire sans pitié qui n'a d'empathie que pour les hauts gradés. Et cette guerre contre Grégory sera vaine. On ne peut rien faire, il a le grand Poutine II derrière lui alors que nous n'étions qu'une petite trentaine de soldats. Très bien formé c'est vrai, mais on ne peut rien face à une vraie armée. Et puis il y a le Sud...

– Le Sud ?

– Bah oui... durant les dix dernières années, les pays comme le Brésil, l'Inde et l'Afrique du Sud sont devenues les premières puissances mondiales. Le Brésil est un état incroyable où ont fui tous les hommes riches à la vue des premiers symptômes de la fin de la mondialisation. Puis l'accès à l'eau, l'irrigation et les nouvelles découvertes en

Afrique qui ont entraîné la possibilité de vivre dans les dômes du Sahara ont changé l'orientation des flux monétaires. Le Brésil qui a investi dans l'urbanisation du Sahara, a fait fortune et est en plein âge d'or. Ils ont d'ailleurs annexé les deux Guyane, le Surinam et le Venezuela et ont soumis les autres nations d'Amérique du Sud, mais tout ça pacifiquement. On raconte que c'est le rêve de vivre là-bas. Mais ils ne peuvent plus faire face à l'immigration de masse et sont devenus presque inaccessibles.

– Ce monde est vraiment… surprenant. »

Ces nouvelles informations étonnaient beaucoup John et dans sa tête, se dessinait la nouvelle carte du monde.

Tout se passait si vite pour John et le monde semblait entrer en guerre tandis que Jérémy et lui s'enfonçaient dans la forêt. Devant eux, un camping-car semblait être là depuis un bon moment, ce qui était vraiment une aubaine pour eux. Ils s'approchèrent et Jérémy trébucha se tordant la cheville. Tandis que John l'aidait à se relever, la porte du camping-car s'ouvrir et un homme sale et qui ne s'était pas rasé depuis plusieurs semaine apparut, une énorme machette à la main :

« – Faites un pas de plus et je vous coupe la tête !

– Nous sommes désolés nous pensions que ce véhicule était vide. Je m'appelle John et mon ami, Jérémy, s'est blessé et ne peux plus avancer.

– Dégagez de là ! J'en ai rien à foutre de vos problèmes ! »

Jérémy se releva enfin grâce à John. L'homme du mobile home ne semblait pas ouvert à la discussion et ne voulait pas les accueillir. Alors qu'il faisait demi-tour, une petite fille, très jeune, apparut à son tour derrière le barbu :

« – Papa, on ne peut pas les laisser comme ça… »

Chapitre 12
Atlantide

La petite fille sortit du véhicule et aida John à relever Jérémy et à le soutenir.

« - Venez messieurs, on va rentrer dans la maison, on sera mieux. Papa tu veux bien nous aider ? »

L'homme déposa la machette et aida les deux hommes à entrer dans la caravane. Elle était très propre, mais semblait vide, comme si personne n'y vivait et il y faisait un froid morbide. La petite fille ouvrit alors une trappe dans le fond de la caravane et un escalier semblait mener sous la terre, ils s'y engouffrèrent précédent le père qui ferma la trappe. Ils arrivèrent sur une énorme place, très sale et parsemée de constructions scabreuses, de tentes, de huttes et de lampadaire. Ces lampadaires éclairaient l'endroit d'une faible lueur et John se rendit compte qu'il s'agissait de petits feux plutôt que de lampes. Ils avancèrent vers la plus grande maison qui tenait à peine debout. L'homme passa devant eux et cria à la porte :

« - Antonio ! »

Un homme sortit après quelques instants, il avait aussi

une allure négligée et une barbe de plusieurs jours. Le père commença alors à parler :

« – Je vous présente Antonio, sans lui, Atlantide n'existerait pas. C'est un catalan. Après la guerre d'Espagne pour l'indépendance de la Catalogne, les catalans ont été chassés de leur terre et n'ayant aucun endroit où s'installer ils traversèrent la Méditerranée. Mais on ne les accueillit pas les bras ouverts alors, ils revinrent ici en Allemagne, pas loin de la frontière belge et s'installèrent dans des caravanes, tentes, etc. Beaucoup de migrants syriens vinrent se joindre à eux et le manque de place se fit vite ressentir. Alors, le père d'Antonio eut l'idée de creuser et de construire un monde souterrain, Atlantide. Ce qui semblait improbable, mais pourtant il a réussi. Ils ont apporté les matériaux nécessaires à la construction et ont creusé et aménagé l'endroit. Beaucoup périrent dans les travaux, mais l'installation est incroyable. De plus, quelques nappes phréatiques à proximité nous fournissent l'eau, mais on fait attention à ne pas la gaspiller.

– Merci Aurélien, mais ce cours d'histoire n'était pas nécessaire. Emmène ce petit à l'hôpital, il semble mal en point et souffrir de sa cheville.

– Il n'ira nulle part sans moi !

– Eh bien, accompagnez-le, monsieur… ?

– John, je m'appelle John Wishk. Comment savoir si on peut vous faire confiance ?

– Ne nous faites pas confiance, ne faites confiance à personne sur de simples paroles. Voyez les actes. Vous savez John, par les temps qui courent, il semble peu avisé de se déplacer en duo…

– C'est notre problème.

– Comme bon vous semble. Aurélien, ta fille et toi

pouvaient retourner à vos occupations. Je prends en charge ces nouveaux arrivants.

– Bien. Viens ma puce, on rentre.

– Quant à vous deux, je vous invite à me suivre vers l'hôpital. Enfin c'est comme ça qu'on l'appelle, mais ça n'a rien d'un hôpital. C'est plutôt un centre de soin.

– Vous avez de l'énergie ?

– Voilà une question bien déplacée… nous en avons oui, en très faible quantité. Mais si vous êtes là pour nous piller, sachez que cette dernière est très bien défendue.

– Non, nous ne voulons pas vous piller… simplement… non laissez tomber.

– Vous me paraissez anormalement perdu. Vous n'êtes pas de la région ? Un exilé ?

– Non, je ne suis pas de la région, mais mon histoire est bien plus complexe.

– Je vois… vous êtes les bienvenues ici, mais sachez que les seules personnes installées qui peuvent sortir sont les membres de l'équipe d'intervention. Ils sont équipés pour ça et sont les seuls à avoir accès à l'équipement. Si vous décidez de partir, nous comptons sur votre silence quant à cet endroit. Mais étant donné qu'il n'y a qu'une seule entrée, je ne suis pas inquiété quant à une attaque. Et nous sommes assez profond pour ne pas être impactés par de la dynamite au-dessus de nous ou pour nous atteindre en creusant avec des machines avant que l'on s'en rende compte.

– Une équipe d'intervention ? De l'équipement ?

– Oui suite à la guerre d'Espagne, nous étions équipés comme une vraie armée. Nous avons encore beaucoup de munitions et armes. Nous récupérons aussi des ressources via les équipes d'interventions lorsque des populations sont décimées ou dans des ruines.

– Pourquoi les gens s'entretuent ?...

– Il en a toujours été ainsi. Auparavant, on n'était simplement pas du côté de l'Équateur où ça se passait. Puis l'Homme a une drôle de nature vous savez...

Nous y voilà, je vous laisse avec votre ami. »

Ils étaient arrivés devant un énorme chapiteau sous lequel des lits, des patients et des infirmières étaient occupés. Une femme vint directement prendre Jérémy en charge alors que John se posait beaucoup de question. La jeune infirmière, promettant plusieurs de fois de bien s'occuper de son ami, prit Jérémy en charge et John rejoint Antonio qui avait fait demi-tour.

« – Attendez !

– Oui ? Je peux faire quelque chose pour vous ?

– Pourquoi... enfin comment en est-on arrivé là ?

– Je ne saurais trop le dire... on n'a rien vu venir. Différentes crises du début du 21ème siècle... j'étais encore un adolescent... Poutine II a profité de l'occasion pour faire des fictions une réalité.

– Je viens d'ailleurs...

– Je sais, vous le l'avez déjà dit.

– Je veux dire d'une autre époque...

– Est-ce possible ?

– Oui, je voulais voyager dans le temps. Arriver 200 ans plus tard... mais il y a eu des soucis et je me suis réveillé 30 ans plus tard, il y a maintenant plusieurs jours. La technologie de mon labo était à la pointe du progrès à mon réveil et je m'attendais à trouver un monde prospère. Et au lieu de ça, depuis le début... depuis mon réveil, je ne vois que l'anarchie, la mort, la survie... »

Il fondit en larmes en racontant son histoire.

« – Vous savez, John, vous êtes ici en sûreté et je vous

propose de rester prendre soin de vous. Au moins le temps de faire le point.

– Tout ceci ressemble tellement à un cauchemar…

– Un cauchemar pour vous, notre vie à nous. On s'y fait vous savez et ici, sous terre, nous sommes plutôt bien. Le seul problème que nous rencontrons ce sont les ressources. De moins en moins de personnes ont envie de faire partie de l'équipe d'intervention.

– Je veux en être !

– Oh je me dois de refuser John. C'est très gentil de votre part néanmoins…

– Pourquoi ?!

– Les raisons qui vous animent ne sont pas les bonnes. Allez donc vous reposer vous en avez besoin. Voyez la maison là-bas. Elle est inhabitée, son propriétaire, Nadi, était un membre de l'équipe d'intervention… il n'est malheureusement jamais rentré de mission. Reposez-vous John… »

John s'avança devant la maison. La moindre secousse l'aurait faite s'effondrer selon lui. Il ouvrit la porte et entra dans une pièce plutôt grande qui semblait être salon et salle à manger en même temps.

Table des matières

Cet ouvrage a été composé par Edilivre

194 avenue du Président Wilson – 93200 Saint-Denis

Tél. : 01 41 62 14 40 – Fax : 01 41 62 14 50

Mail : client@edilivre.com

www.edilivre.com

Tous nos livres sont imprimés
dans les règles environnementales les plus strictes

ISBN papier : 978-2-414-29684-2

ISBN pdf : 978-2-414-29685-9

ISBN epub : 978-2-414-29686-6

Dépôt légal : décembre 2018

Imprimé en France, 2018

14161559R00040

Printed in Germany
by Amazon Distribution
GmbH, Leipzig